Título original: *Why should I Protect Nature?*
Publicado en 2002 por Wayland

1.ª edición: febrero 2012

© Wayland, 2002
© De la traducción: Fuencisla del Amo, 2012
© De esta edición: Grupo Anaya, S.A., Madrid, 2012
Juan Ignacio Luca de Tena, 15. 28027 Madrid
www.anayainfantilyjuvenil.com
e-mail: anayainfantilyjuvenil@anaya.es
ISBN: 978-84-678-2878-8
Depósito legal: M-1704-2012
Gráficas Muriel S.A.

Las normas ortográficas seguidas son las establecidas
por la Real Academia Española en la nueva *Ortografía
de la lengua española,* publicada en el año 2010.

Impreso en España - Printed in Spain

¿Por qué debo proteger la naturaleza?

Escrito por
Jen Green

Ilustrado por
Mike Gordon

La naturaleza es el mundo grande y natural que nos rodea, desde los gigantescos robles hasta las pequeñas bellotas y los ondulantes gusanos.

5

Los pájaros que cantan
en los árboles son
parte de la naturaleza...,

como el olor
salado del mar...,

el chapoteo en los charcos de lluvia...,

y el pelo suave del hocico de un burro...

¡Puaj!

o asquerosa...,

Un día, nuestra clase
se fue de excursión.

En la excursión, fuimos al mar y observamos las pozas que hay entre las rocas. ¡Fue genial!

De vuelta a casa,
merendamos en
un bosque.

Todo el mundo armó un poco
de jaleo. Daniel y Marina
rompieron algunas ramas,

yo tiré la lata
de mi refresco,

Juan cortó flores,

y Paula intentó matar una abeja.

Eva, nuestra profesora, dijo
que debemos proteger la
naturaleza, no dañarla.

¿Por qué debo proteger la naturaleza?

—¿Qué creéis que pasaría si todo el mundo
rompiera ramas? —dijo ella.

—Los árboles se quedarían sin hojas y no crecerían bien. Los pájaros ya no podrían hacer sus nidos en las ramas.

ÁRBOLES, ÁRBOLES, ÁRBOLES.

SALVAD NUESTROS ÁRBOLES.

MÁS ÁRBOLES.

DEJAD EN PAZ NUESTROS ÁRBOLES.

SALVAD NUESTROS ÁRBOLES.

¿Imagináis lo que ocurriría si todos cortáramos flores y matáramos abejas?

—No quedarían
flores,

y no podríamos
tomar miel en el
desayuno.

¿Y qué ocurriría si todos
tiráramos la basura
donde nos apeteciera?

—El campo estaría totalmente cubierto de papeles, plásticos y latas de conserva.

Los pájaros y otros animales podrían asfixiarse o quedarse atrapados en la basura, y morir.

¡Ni árboles, ni flores, ni miel, ni animales! ¡Eso sería espantoso!

—Entonces, ¿cómo podemos ayudar a la naturaleza?

—En vez de cortar las flores, podemos sembrar semillas en una esquina del jardín.

A las mariposas y a las abejas les gustan mucho las flores, así que las visitarían.

—Podemos plantar
un árbol en vez de
romper las ramas.

Recoger la basura mantiene la naturaleza limpia y bonita, y ayuda a los animales y a los pájaros a vivir sanos.

Ahora lo pasamos bomba
cuidando la naturaleza.

Después de todo, ¡la gente también es parte de la naturaleza!

NOTAS PARA PADRES Y PROFESORES

Sugerencias para leer el libro con los niños

Mientras estéis leyendo este libro con los niños, puede ser útil detenerse y hablar sobre los temas que van apareciendo en el texto. A los niños les gustará volver a leer la historia, adoptando el papel de los distintos personajes. ¿Qué actitud tiene cada personaje en el libro con respecto a la naturaleza? ¿En qué difieren sus propias ideas de las expresadas en el libro?

El libro describe varias formas de perjudicar a la naturaleza: tirar basura, arrancar flores y hacer daño a animales e insectos. ¿Alguien admite haber hecho alguna de estas cosas? El libro comenta las consecuencias de tales acciones, especialmente en el caso de que todo el mundo hiciera lo mismo.

Hablar sobre la protección de la naturaleza puede ampliar su vocabulario: agricultura, medio ambiente, extinto, hábitat, industria, basura, polución, reciclar. Será útil escribir una lista de palabras nuevas y explicar su significado.

¿Por qué debo...?

Hay cuatro títulos sobre aspectos del medio ambiente: *¿Por qué debo reciclar?*, *¿Por qué debo proteger la naturaleza?*, *¿Por qué debo ahorrar energía?* y *¿Por qué debo ahorrar agua?* Cada libro anima a los niños a reflexionar sobre aspectos básicos del medio ambiente y sobre varios dilemas sociales y morales que pueden encontrarse en la vida diaria. Los libros ayudarán a los niños a comprender el cambio medioambiental y a reconocerlo en su entorno, y también a descubrir cómo su medio ambiente puede ser mejorado y preservado.

¿Por qué debo proteger la naturaleza? introduce el tema del medio ambiente (el mundo natural que nos rodea, tanto si vivimos en la ciudad como en el campo); así como el hecho de que los seres humanos pueden dañar la naturaleza, pero también pueden ayudar a protegerla.

Sugerencias para actividades complementarias

Los niños podrían hacer una excursión a la costa o al campo semejante a la que se describe en el libro. Podrán describir sus propias experiencias y sensaciones utilizando el libro como referencia.

El final del libro plantea la idea de que los humanos son también parte de la naturaleza. Como los demás animales, necesitamos aire puro para respirar, agua para beber y espacio en el que vivir. Las plantas y los animales nos proporcionan nuestro alimento y ayudan a hacer el mundo habitable. No podemos vivir sin la naturaleza, ¿cómo podemos protegerla en nuestro día a día? El libro expone varias formas sencillas de proteger la naturaleza, como recoger basura y plantar un jardín de flores silvestres. Podemos hacer una excursión al parque más próximo para estudiar en qué condiciones se encuentra. Otras ideas para ayudar a proteger la naturaleza, podrían ser: organizar una recogida de basura local, no usar pesticidas en el jardín, construir un sencillo comedero para pájaros o hacer un pequeño estanque para animales acuáticos utilizando un viejo balde. Seguro que a los niños se les ocurren más ideas para proteger la naturaleza.